RIME DEI MEMORIALI BOLOGNESI

Autori vari

Texte et illustration de couverture : © domaine public
Edition : Culturea (Hérault, 34)
Contact : infos@culturea.fr
Retrouvez notre catalogue sur http://culturea.fr
Imprimé en Allemagne par Books on Demand
Design typographique : Derek Murphy
Layout : Reedsy (https://reedsy.com/)

Dépôt légal : janvier 2023

ISBN : 9791041841547

I

Pater noster, a Dëo me confeso

mia colpa d'one peca' che ho comesso.

Qui es in celis tu me•l perdona

per pietate, ch'e' son flagelẹ persona.

Santificetur lo to biato regno

mi bone ovẹre o ffe', s'alcuna tegno.

Nomen tuum mi guardi e me conduca

con li santi guagnelisti Mateo e Luca.

Adveniat in me tüa vos: «venite»;

da l'altra me defendị, che dirà «ite».

Regnum tuum a mi conserva, Patre,

che intri con li mei tuti e con mia matre.

Fiat voluntas tüa, Segnor meo,

taleché 'l to Paradisọ digno sia meo.

Sicud in cello avesẹ vita eterna

con tute bone aneme ch'El governa.

Et in tera me consentị ạ fare, Agyòs,

quanto a ti sempre plaza, Elỳ Theòs.

Panem nostrum cotidianum me sia;

tu loṅ porgi che mẹ pasca tutavia.

Da nobis hodie a conoscere, Alfa,

che tu èi et O primo, e novissimo Alfa.

Et dimite nostre offensïoni

per fe', per ovẹre e per confisïoni.

Nobis debita nostra tu relasa,

per toa merzé, ch'avemo defin la fassa.

Sicud e nos falemọ per farẹ re' ovẹre,

abii misericordia e sí lėn crovi.

Dimitimus a fare che doveamo:

perdonane e fane andare in seno d'Abraàm.

Debitoribus nostris, a nu' tuti

dona la gratia toa, a grandi et a pizulli.

Et ne nos inducas dentro l'Inferno,

recivini in lo to regno sempreterno.

In tentatïone sto dí e note;

non dẹrẹlinquirẹ, propicio Sabaòt.

Set libera nos da one grameza,

in la toa gloria me da' grande alegreza.

A mallọ tu guarda quel dí in lo spirto almo

quanti n'odịrà, o chi dirà 'sto salmo.

«Amen» digano guagnelisti, profeti e confesuri

e tuti gli aprobati virtute celorum.

Mem. 40 (1279, Bonacosa Iohannis), C- 304r.

(Caboni, I, p. 25; Lazzeri, p. 447; Monaci-Arese, 67).

II

- Oi bona gente, oditi et entenditi

la vita che fa questa mia cognata.

La vita che 'la fa vui l'odirite

e, se ve place, vòilave contare.

A lato se ne ten sette gallete

pur del meglior per poter ben zoncare,

e tutora dice che mor de sete

ensin ch'a lato non se l pò acostare:

né vin né aqua non la pò saziare,

s'ella non pon la boc'a la stagnata -.

- Per Deo, vicine mie, or non credite

a quel che dice questa falsa rea.

L'altrier ch'eo la trovai fra le pariti,

et eo la salutai en cortesia,

assai li disi «donna, che faciti?»

et ella me respose villania.

Ma sazo ben l'opera che facia:

nol ve direi, ch'eo ne seria blasmata -.

- Oi soza puta, chi te conoscesse

e sapesse, com'eo so, lo to affare!

L'altrieri, per cason de far dir messe,

al preite me volisti ruffianare:

ma nanti fus'tu arsa che 'l facesse

e ch'eo cum teco mai volesse usare.

Da mi te parti e non me favellare,

ch'eo non voglio esser mai de toa brigata -.

- Or Deo ne lodo ch'eo son conuscuta

né non fo con' tu, putta, al to marito,

ch'alotta te par aver zoi compluta

che tu ài prezo d'averl'embozito.

Et oimè lassa, trista, deceduta!

ch'a tutta gente lo fai mostrar a dito

e de le corne l'hai sí ben fornito

ch'una gallëa ne sereb'armata -.

- Cognata, eo te dirò bona rasone,

se la credenza tu me vòi tenire.

Eo agio cotto un sí grosso capone

che lo buglione sereb' bon da bere.

Al to marito e 'l meo vegna passione,

Che 'nseme no ne lasan ben avere:

igli hanno doglia e faremci morire

a pena et a dolore onne fïata -.

- Cognata mïa, zò ched eo t'ho ditto,

eo sazo ben ched ell'è mal a dire.

Ma menaròt'a casa un fantelleto,

e lui daremo ben manzar e bere,

e tu recarai del to vin bruschetto,

e' recarò del meo plen un barile.

Quando gli avrén da' ben manzar e bere,

zascuna faza la soa cavalcata -.

Mem. 47 (1282, Antonio Guidonis de Argele), c. Ir.

(Caboni, II, p. 27; Lazzeri, p. 445; Monaci-Arese, 116 I; Poeti p. 767).

III

«Pur bii del vin, comadre,   e no lo temperare,
ché, se lo vin è forte,   la testa fa scaldare».

Giernosen le comadri   tramb'ad una masone;
zercòn del vin setile   se l'era de sasone,
beveno n cinque barii,   et eranon dezune
et un quartier de retro   per boca savorare.

«De questa botesella   -   plu no ne vindïamo,
mettàmoi la canella,   -   per nui lon bivïamo.
Et oi, comadre bella,   -   elzaive la gonella,
fazamo campanella,   -   ch'el me ten gran pisare».

Comenzà de pisare   la bona bevedrise:
ella descalzà l'àlbore   tra qui e le raise.
Disse l'altra comadre: «Per Deo, quel buso stagna,
ché fat'hai tal lavagna,   -   podrisi navegare».

Elle gierno a la stuva   per gran delicamento,
e fén lor parimento   ché 'n corp'avëan vento:
portòn sette capuni   et ove ben dusento
et un capun lardato   per boca savorare.

«Una nave, comadre,   de vin è zunt'al porto

et un'altra de lino: lo marinar sia morto!»

«Pur bivïam, comadre,   emplemon ben lo corpo

e la barca deo lino   vad'en fondo de mare!»

Giernosen le comadre   trambedue a la festa,

de gliocch'e de lasagne   se fén sette menestra;

e disse l'un'a l'altra: «Non foss'altra tempesta,

ch'eo non vollesse tessere,   mai ordir né filare».

Mem. 47 (1282, Antonio Guidonis de Argele), c. 1v.

(Caboni, IV, P. 31; Lazzeri, P. 444; Monaci-Arese, 116 II; Poeti I, P. 773; Spongano, P. 79).

IV

«Mamma, lo temp'è venuto
ch'eo me voria maritare
d'un fante che m'è sí plazuto
nol te podrïa contare.

Tanto me plaze 'l so fatto,
li soi portament'e i scemblanti
che, ben te lo dico entrasatto,
sempre l vorïa aver davanti;
e 'l drudo meo ad onne patto
del meo amor vòi' che se vanti
Matre, lo cor se te sclanti
s'tu me lo vòi contrariare».

«Eo te l contrario en presente,
figliola mia maledetta:
de prender marito en presenti
troppo me par ch'aibi fretta.
Amico non hai né parente
che l voglia, tant'èi picoletta.
Tanto me par' garzonetta,
non èi da cotai fatti fare».

«Matre, de flevel natura

te ven che me vai sconfortando

de quello ch'eo sun plu segura

non fo per arme Rolando

né 'l cavalier sens paura

né lo bon duso Morando.

Matre, 'l to dir sia en bando,

ch'eo pur me vòi' maritare».

«Figlia, lo cor te traporta.

né la persona non hai:

tosto podriss'esser morta

s'usassi con om, ben lo sai.

Or, figlia, per Deo, sii acorta

né no te gli ametter zamai,

ch', a la ventura, che sai

morte 'n pudrisse portare».

«Matre, tant'ho 'l cor azunto,

la voglia amorosa e conquisa,

ch'aver voria lo meo drudo

visin plu che non è la camisa.

Cun lui me staria tutt'a nudo

né mai non voria far devisa:

eo l'abrazaria en tal guisa

che 'l cor me faria allegrare».

Mem. 47 (1282, Antonio Guidonis de Argele), c. 1v.

(Caboni, III, P, 29; Lazzeri, P- 445; Monaci-Arese, 116 III; Poeti 1, P. 770)

V

Lo cor m'ard'e sospira,

e vive 'n pensamento,

talché non trova posa;

e quanto plu se gira,

plu ha pen'e tormento;

e demostrar non l'osa,

per la gente noiosa

ch'è tropo malparlera;

ma se la fresca cera

[...]

Mem. 47 (1282, Antonio Guidonis de Argele), c. 1v.
(Caboni, v, P. 33).

VI

Non posso plu coperire
lo meo fino 'namorare,
convenlome demostrare
a vui, dolze donna mia.

Demostrarlo me convene
a vui che me 'namorati,
ché de le mi' grave pene
alcuna pietanza azati:
ché non posso in veritate
plu celare lo meo tormento
che ne lo cor duro e sento
per vui, dolze donna mia.

Lungo tempo azo soferto,
ché non volsi ademostrare
lo meo 'namorar cuperto:
non finava de pensare,
vogliendomene cellare,
ch'altri non ve s'adornasse.
Lo meo cor se ne sotrasse
per vui, dolze donna mia.

Disiando 'l vostro onore

me parea sentir afanno,

perch'eo non ce volsi erore

e desplacemento o danno.

Ancora ch'el sia un anno

che de vui me 'namorai,

in gran zoi lo me contai,

stando 'n vostra signoria.

Non posso cellar la fiamma

che me 'nzende plu che foco,

e lo so amor me 'nflamma

sí che n'ardo dentro e coco,

ché non trovo in alcun loco

che me sia poso o deporto.

Però vegname conforto

da vui, dolze donna mia.

Mem. 47 (1282, Bagio Oliverii), c. 120r.

(Caboni, VI, p. 33; Lazzeri, p. 441; Monaci-Arese, 116 IIII).

VII [Fabruzzo dei Lambertazzi]

Omo nun prese ancor sí sazamente

nesun afare, a quel ch'ora devene,

che l'usanza che corre infra la gente

nol faza folle, se gli esmenovene.

E quel ch'al mundo fa plu follemente,

acògliai benẹ che per ventura vene:

segundo l'uso, serà canosente:

on'omo è sazo a cui or prende bene.

Però vive le genti in grand'eranza

io che ventura fa parer folle e sazo

zascun om segundo 'l so parere;

né non guarda rason né mesuranza,

nanzi fa bene o' cunveria danazo

e male a quellọ, che ben dovria avere.

Mem. 63 (1286 Biagio Auliverii), c. 247v = A.

Mem. 76 (1289: Dondidei Benedicti), c. 71r = B.

(Caboni, VII, p. 35; Lazzeri, p. 477).

VIII

«D'un'amorosa voglia

d'amar incomenzai,

donna, quando sguardai

lo vostro viso placent'e adorno.

D'un'amorosa voglia

d'amar incomenzai,

donna, vostro vallore;

or m'è tornato 'n doglia,

sí ch'eo nun credo mai

ralegrar lo meo core;

poi sun de vita fore,

donna, pensando bene

la pena che sostene

la vostra signorïa zascun zorno».

«Nun crezati, meo sire,

che per pena ch'eo senta

muti cor né talento.

La mia ment'e 'l desire

molto se ne contenta

et è llui placemento.

Dunqua provedemento

azati al nostr'amare

in volerlo cellare,

ché de voler senza vui non sezorno».

Mem. 63 (1286, Biagio Auliverii), c. 297v - A.

Mem. 63 (1286, Biagio Auliverii), c. 297v - B (vv. 15-24).

Mem. 64 (1286, Nicola Philippi), c. 113r - C.

Mem. 64 (1286, Nicola Philippi), c. 157r - D (vv. 1-20).

(Caboni, X, P. 40)-

IX

Donna, vostr'adorneze

de sí coral amore

m'hano feruto 'l core

che senza vui veder non azo vita.

Dona, vostre adorneze

de sí corale amore

m'hanno feruto, sguardando,

ch'eo non azo alegreze

e perdo lo valore

senza vui, dona, stando.

Po' ch'al vostro comando

som per forza d'amare,

no me deza sdegnare

gentil madona de valor complita.

Dona, com' plu sovente

vezo vostra persona

plu me fa innamorare

vostra cera placente

che tutor zoi me dona

con lo dolze sguardare.

Po' ca mercé clamare

a vu' mai non refino,

corno bon servo fino

dezati miritare e darglie aita.

Dona, lo gram savere

ch'in vui regna cotanto

me dà ferma credenza

che del mëo dolere

me darà zoglia e canto;

la vostra canoscenza

ch'aviti [... -enza]

[...] l'omeltate,

mercede e pietate

aza de mi, che som quasi a finita.

Mem. 63 (1286, Biagio Auliverii), c. 297v - A (vv. 1-24).

Mem. 64 (1286, Nicola Philippi), cc. 100v-101r = B.

(Caboni, VIII, P. 36; Lazzeri, P. 439).

X

Doglio d'amor sovente

che m'ha dat'a servire

tal donna, ch'eo non sazo

set eo li me desplazo

o s'eo li serv'a grato.

Deo, che servisse tanto

ch'eo li fossi 'n placere!

Onne pena sofrire

me parebe ligera.

Per lei soffert'ho tanto

ch'eo me vezo murire:

fosse de so volere,

non me serebe fera.

Deo, ch'in crudele punto

reguardai so bel viso,

ché mantinente servo

fui dat'a lei, a cui servo

senz'esser meritato!

Deo, se 'la me degnasse

averm'a servidore;

de zoia lo meo core

plu contento seria,

che s'altra me donasse

compluta zoi d'amore.

Tanto strenge tutore

amor che m'ha 'n bailia

sí forte che zamai

no me poría partire:

ma la speranza ch'azo

me manten lo corazo

in amoroso stato.

La soa placente cera

m'ha sí preso, che meo

de mi dir non poss'eo,

cussí me streng'e serra.

Dunqua non sia sí fera

vegendo tanto reo

soffrir a lo cor meo,

che per lei non deserra,

ma vole star soffrente

finché la pïetate

de lei se mov'alquanto,

finché 'l penar, c'ho tanto,

del bene sia canzato.

Mem. 63 (1286, Biagio Auliverii), c. 297v = A (vv. 1-18).

Mem. 63 (1286, Biagio Auliverii), c. 335v = B.

(Caboni, IX, P. 38).

XI

Perché murir me fati,

dona, vui resguardando,

che m'aviti, parlando,

lanzato uno □ dardo dentro del meo core?

E sí m'aviti navrato coralmente

d'amor, ch'a fino me sento venire,

e doze murir credo certamente,

pensando ch'a vui non ne par dolere

a vederme murire,

m'è 'l zonzir a tal porto:

donqua ben siria morto

fosse, davanti durar tante pene.

Et pur voglia me vene - spesse

fiate de volerme anzir [. . . . . -anza]

[. . . . . -ate]

[. . . . . -anza].

La mia grave pesanza

che sí forte m'abonda

como nave ch'afonda

me fa sovente in tormento perire.

In tormento gravosso

me fa perire amando

la gran pesanza che sol per vui porto;

donqua mèi' seria morto

fosse, davanti durar tante pene.

Mem. 64 (1286, Nicola Philippi), c. 100v.

(Caboni, XI, P. 42).

XII

S'eo trovasse incarnata la Pietanza,

degno sirïa de le' morte dare

como a guerrero mortale

ché gli ho clamato mercede a pesanza

che de le mie pene me deza alegiare;

ma nïente me vale.

Como lo césaro mantirò l'usanza:

quando ha plui doglia, comenza a cantare

e dà termino al so male.

De la mia doglia mostrarò alegranza

daché pietanza no me val clamare:

mia pena monta e sale.

Mem. 64 (1286, Nicola Philippi), c. 121v.
(Caboni, XII, p. 43).

XIII

Pàrtite, amore, adeo,

ché tropo ce se' stato:

lo maitino è sonato,

zorno me par che sia.

Pàrtite, amor, adeo;

che non fossi trovata

in sí fina cellata

como nui semo stati:

or me bassa, oclo meo;

tosto sïa l'andata,

tenendo la tornata

como di 'namorati;

siché per speso usato

nostra zoglia renovi,

nostro stato non trovi

la mala celosia.

Pàrtite, amore, adeo,

e vane tostamente

ch'one toa cossa t'azo

pareclata in presente.

Mem. 64 (1286, Nicola Philippi), c. 152v.

(Caboni, XIII, P. 44; Lazzeri, P. 443; Monaci-Arese, 116 v).

XIV

Mens opponentis eget magno dono

et eo, per satisfarme, no lo lassu.

In hoc, imo, perito tibi dono

cotale quistione, in vui mè' lassu.

Et quisqui amat plane sine sono,

multi altri sun che v'han piú forte passu:

et eo, qui sun taliter, hoc sono

siave provato, per una lí passu.

[...]

Mem. 66 (1286, Alberto Vinciguerre Rovixii), c. 206r.

(Caboni, LXXXIX, P. 115)-

XV

Bell'e cortese, zovem dona e saza,

per cui lo meo cor aza,

cusí selvaza

contra de mi, per Deo, no ve mostrati.

La vostra dolze cera et amorosa

et dilitosa

e gli ati m'hano sí fato servente

[...]

Mem. 67 (1287, Nicola Johanini Manelli), c. 10r.
(Caboni, XIV, P. 45).

XVI

Sí me destrenze l'amorosa voglia

quando remiro la vostra figura

[. . . . . -oglia]

[. . . . . –ura]

E tremo plu sovente ca la foglia

e de vui sí ho gran temenza e paura.

Omè dolente, o voglia o no voglia,

convème seguirę mia desaventura.

E cum plu amore me caza e fere

[. . . . .-ire]

e no me vale altra merzé cherere.

Ma, se voliti, dona, presumire

[. . . . . -ere]

† queste segundo † di morte per farmi morire.

Mem. 67 (1287, Nicola Johanini Manelli), c. 16V.

(Caboni, XV, P. 46).

XVII

Seguramente

vegna a la nostra danza

chi è fedel d'Amore

e hagli cor e speranza.

Vegna a la nostra danza

seguramente

e a done e dongelle ponete mente:

qual plu ve place prenda

per soa intendanza.

Mem. 67 (1287, Nicolò Iohanini Manelli), c. 21v = A.

Mem. 78 (1290, Nicolò Iohanini Manelli), c. 165r = B.

(Caboni, XXXVI, p. 68; Levi, n. 4, pp. 294-97).

XVIII [Guido Guinizzelli]

Omo ch'è sazo no core lizero,

ma passa e grada sí con' vol mesura:

quand'ha pensato, reten so pensero

de fin a tanto che 'l vedé' l'asegura.

Foll'è chi pensa sol veder lo vero

né no pensar ch'altri gli pona cura;

però non se dé omo tenir tropo altero,

ma dé guardar so stato e soa natura.

Volan gli oselli per air de stranie guisse

et hano lor diversi operamenti,

né tut'èn d'um volar né d'un ardire.

Dëo natura e 'l mondo in grado mise,

e fe' despari sini e intendementi:

però zò ch'omo pensa non dé dire.

Mem. 67 (1287, Nicola Johanini Manelli), c. 28r = A (vv. 1-8).

Mem. 67 (1287, Nicola Johanini Manelli), c. 117r = B.

Mem. 74 (1288, Bonaccursio de Rombolinis), c. 281v = D.

Mem. 74 (1288, Bonaccursio de Rombolinis), c. 386v = H (vv. 1-4,7-11)

Mem. 76 (1289, Dondidei Benedicti), c. 66r = E (vv. 1-8).

Mem. 84 (1293, Bonfantino Petrizoli de Malpiglis), c. 224r = C

Mem. 120 (1310, Giovanni quondam Alberti de Zanellis), c. 390v = F (vv. 1-4).

Mem. 140 (1320, Santo Ugolini Santi), c. 162r - G (vv. 1-4, 7-9, 11-12, 14).

(Caboni, XVII, p. 48; Orlando, pp. 18-19, per D ed H).

34

XIX

Viso che d'one flore se' formato,

scolpito et incarnato - per rasone,

e del sole uno razo te fo dato

lucente et inflamato - per colore,

e de due stelle fusti afigurato;

viso smerato, - tolto m'hai lo core,

et hame preso e de foco infiamato

che no me posso partir nesonore.

Sí me prendisti, quando resguardai

vostre belleze, angellica figura,

che nesunora - me posso partire.

Mostrandome 'l cler viso me inflamai

de foco, ché de morte azo paura

s'el me s'ascura - lo vostro splendore.

Mem. 67 (1287, Nicola Johanini Manelli), c. 34v = A

Mem. 67 (1287, Nicola Johanini Manelli), c. 121v - B (vv. I, 4, 3).

(Caboni, XVI, p. 47; Lazzeri, P. 437; Monaci-Arese, 116 VII).

XX

«L'angososa partenza

m'ha dogliosa lasata

et inflamata - d'amorosa voglia.

Partuto s'è da mi, lassa!,

quello per cui moro amando:

in altra contrata passa,

lassa lo meo cor pensando

[. . . . . -assa]

Non sazo como né quando

[. . . . . -ando]

sarà la retornata:

e però m'agrata - che morte li coglia».

«Se me vo in luntana parte

forte me ne dole e pesa,

c⌐h⌐é⌐ ben voria eser per arte

c⌐ hé⌐ ben voria eser per arte

là o'è la mia dona asisa.

Èmi one zoglia in departe

contandogli la mia divisa.

E non fazo contesa,

ché non poss'abentare

e voglio tornare⬚ - tuto in vostra voglia.

Novella dansa amorosa,

move cun grande pietanza,

non far sezorno né posa,

van'a la mia dolze amanza,

ver' la plu rengratïosa:

contagli la mia pesanza,

dili ch'aza membranza

de mi, che vivo in pene

et altro non tene⬚ - lo meo cor in doglia».

Mem. 67 (1287, Nicola Johanini Manelli), c. 80r.
Caboni, XVIII, P. 49; Poeti I, P. 775).

XXI

Ella mia dona zogliosa
vidi cun le altre danzare.

Vidila cum alegranza,
la sovrana de le belle,
che de zoi menava danza
de maritate e polcelle,
là 'nde presi grande̦ baldanza,
tutor danzando con elle:
ben resembla plui che stelle
lo so viso a reguardare.

Danzando la fresca rosa,
preso fui de so bellore:
tant'è fresca et amorosa
ch'a le altre dà splendore.
Ben ho pena dolorosa
per la mia dona tutore:
s'ella no me dà 'l so core,
zama' non credo campare.

Al ballo de l'avenente
ne pignormo ella et eo;

dissili cortesemente:

«Dona, vostr'è lo cor meo».

Ella respose immantenente:

«Tal servente ben vogli'eo,

in zo' vivirà 'l cor meo».

Sí respose debonaire.

Mem. 67 (1287, Nicola Johanini Manelli), c. 121v.

(Caboni, XIX, p. 51; Lazzeri, p. 438; Monaci-Arese, 116 VI; Poeti I, pp. 777-78).

XXII [Guido Guinizzelli]

Voglio del ver la mia dona laudare

e asemblarli la rosa e lo giglio:

como stella dïana splende e pare,

e zò ch'è lasú bello a le' somiglio.

Verde rivera me resembla e l'aire,

tuti coluri e fior' zan' e vermeglio,

oro e azuro e riche zoi per dare:

medesmamente Amor rafina meglio.

Passa per via adorna, e sí gentile

ca sbassa argoglio a cui dona salute,

e fal de nostra fe' se no la crede;

e no si pò apresare omo ch'è vile;

ancor ve dico c'ha mazor vertute:

nul'om pò mal pensar finché lla vede.

Mem. 67 (1287, Nicola Johanini Manelli), c. 200v - A (vv. 1-8).

Mem. 78 (1290, Nicola Johanini Manelli), c. 131r = B.

(Caboni, XXXV, p. 67).

XXIII

A dir lo male no è cortisia,

a rampognare altrui senza casone;

mo dé' saver la cosa como sia,

po' la dé' blasemar s'ell'è rasone.

Ch'è forsi per ventura che bosia,

ch'el no è vero quanto l'om apone.

Mem. 68 (1287, Uguicione de Soldaderiis), c. 371r.
(Caboni, XX, p. 52).

XXIV

Boni som gli sparisi e gli fungi

bone som le pecore che munge.

Mem. 68 (1287, Uguicione de Soldaderiis), c. 385r.

(Caboni, XXI, p. 52; Levi, n. 1, p. 289).

XXV [Dante Alighieri]

No me poriano zamai far emenda

de lor gran fallo gli ocli mei, set illi

non s'acecasero, poi la Garisenda

torre miraro cum li sguardi belli,

e non conover quella (malor prenda)

ch'è la mazor de la qual se favelli:

perzò zascum de lor vòi' che mi 'ntenda

che zamai pace non farò con elli;

poi tanto furo, che zò che sentire

dovean a rason senza veduta,

non conover vedendo; unde dolenti

sun li mei spiriti per lo lor falire,

e dico ben, se 'l voler no me muta,

ch'eo stesso gli ocidrò, qui scanosenti.

Mem. 69 (1287, Enrichetto de Querciis), c. 203v.
(Caboni, XXII, P. 53).

XXVI [Giacomo da Lentini]

Madona, dir ve voio

come l'amor m'ha preso

inver' lo grande orgoio

che voi, bela, monstrati, e no m'aita.

Oi laso!, lo meo core,

ch'è in tanta pena meso

che vede quando more

per bene amà', tenlose 'n vita.

Donqua, morire e' ho?

No; ma lo cor mëo

more piú speso e forte

che non faria de morte - naturale,

per vui, madona, ch'ama

piú che si steso brama,

e voi pur lo sdegnate:

amor, vostr'amistate - vidi male.

E̦ lo meo innamoramento

non pò parere in ditto,

cusí com'eo lo sento

core nol pensaria né diria lenga;

zò ch'ëo dico è niente

inver' ch'eo som destretto

tanto coralemente.

Foco aio, non credo che mai se 'stingua,

anzi se pur aluma:

perché non me consuma?

La salamandra audivi

che nello foco vive - stando sana;

cusí fo per longo usu:

vivo in foco amoroso,

e non so ch'eo me dica:

el meo lavoro spica - e no grana.

Madona, sí m'avene

che non poso avinire

cum'eo dicese bene

la propria cosa ch'eo sento d'Amore.

Sí com'omo in prudito

lo cor me fa sentire,

che zamai no nd'è chito

fin tanto che non ven al so sentore.

Lo non-poter me turba,

cummo omọ che pigne e sturba,

e pure li despiace

lo pignere che face, - e se reprende,

ché no è per natura

la proprïa pitura;

e no è da plasmare

omo che cade in mare, - se s'aprende.

Lo vostro amorę che m'have

in mare tempestoso,

cusí como la nave

[. . . . .]

Mem. 74 (1288, Bonaccorso domini Gerardi de Rombolinis), c. 238r.

(Caboni, XXIII, pp. 54-56; Orlando, pp. 7-8).

XXVII

Si piú farà demora

la vostra canosenza

certo me perdiriti:

e men d'onor ve fora

questa vostra perdenza,

se piú lo sofiriti.

Da po' che vo' m'aviti,

fatime star zoioso

per vui, viso amoroso,

che siti spene mia.

Mem. 74 (1288, Bonaccorso domini Gerardi de Rombolinis), c. 238r.

(Caboni, XXIV, p. 56; Orlando, p. 9).

XXVIII

Eo non credea ch'Amore

m'odïase sí forte:

a tal [...] sorte

me conduse e trase.

A tal dona servire

m'have donato Amore

che no me degna ponto;

nanti me fa languire

e donami 'ncendore

asai piui che non conto:

a tal per le' son giunto

ch'eo no me lo pensava,

no mi 'spetava

ch'Amor me portase.

Credendo eser amato

da la mia dolz'amanza,

da lei m'asegurai

che m'avio innamorato;

da mi pris'ho arditanza,

che zoi i adomandai.

Resposeme che mai

piú no n'aves'a mente,

sed eo [...] mente

de bon cor l'amase.

E⊐ forzat'ho 'l meo corazo

de voler obidire

lo so comandamento:

ma lo poter non azo,

sí me sforza 'l disire

e l'amor e 'l talento:

fósei 'm piacimento

de volerm'ascoltare,

voriala pregare

che me lo perdonase.

Mem. 74 (1288, Bonaccorso domini Gerardi de Rombolinis), c. 238v.
(Caboni, XXV, pp. 57-58; Orlando, pp. 9-10).

XXIX

Vostr'amistate, per rason, m'asegna,

per laude che me fati, beninenza,

ché la proferta di om che me degna

supra 'l tenorio de vostra plaenza.

Amor, ch'en vile zama' non s'alegna,

lo cor ardito li dà la valenza:

ben è rasone che natura 'signa:

on che tradise dé pèrde' la 'ntenza.

Però 'l consegio che me domandati

ve dono, sí como eo fose 'l fornio,

che ne prendati al piú propio core.

Se la degna natura non danati,

lo falso core, che ne dà consceio,

con tal compagno non aría valore.

Mem. 74 (1288, Bonaccorso domini Gerardi de Rombolinis), c. 241r.

(Caboni, XXVI, pp. 58-59; Orlando, pp. 11-12).

XXX

Zascunn omo dé aví' temperanza

innel'alteza, po' che l'ha 'quistata,

che non disenda sí como balanza

da l'una parte ch'è tropo carcata;

e quanto la uncina piú l'avanza

alura è la desesa piú noiata;

posa l'invidia, senza dubitanza,

che fa trabucar l'omo a la fiaita.

La incina pote l'omo evitare

(in picol tempo aquista grand'onore,

ma forte cosa l'aquistare è retinere);

però se deve l'on ben guardare

de fare despiacere a so menore,

ché soperbia fa l'on descadere.

Mem. 74 (1288, Bonaccorso domini Gerardi de Rombolinis), c. 241r.

(Caboni, XXXII, pp. 59-60; Orlando, pp. 12-13).

XXXI [Pilízaro da Bologna (?)]

Se quello ch'in pria la Soma Potenza

trase e plasmò cum soa propia mano

falío e se partí da l'obeidenza

e spene pose a lo consegio vano,

e lo profeta sí mal fi falenza

e Salamonę, che 'n seno fo sovrano,

adonqua non è grave scanosenza

né cosa vana a falir cor umano.

Ma no lǫ dico perché valer me deza,

che 'l meo grave falir acomprovato

non porti pena asai gravosa e forte:

ma prego vostra potenza vega

ch'è per lo fallo lo perdono nato,

lo quale chero, si no spero morte.

Mem. 74 (1288, Bonaccorso domini Gerardi de Rombolinis), c. 241v

(Caboni, XXVIII, p. 60; Orlando, pp. 13-14).

XXXII

Dona, sí forte me par l'aunire
che me mostrati de zò ch'e' solea,
quando ve squardo, pensome morire:
laso!, folíe me vezo ch'avea!
Doio piangendo, m'abonda suspiri,
Vezo sparire lu lume ch'avea
del viso che sperava meo voler,
zò ch'in disire lo meo cor avea.

Or me parriṭi canzata e sí stranera:
quando mè' squardo davante, despari'-o
perché non vega la vostra figura.
Là 'nd'eo vi prego, amorosa cera,
per pietate in misererri di Dio,
sì ch'io non pera per la vost'altura.

Mem. 74 (1288, Bonaccorso domini Gerardi de Rombolinis), c. 241v
(Caboni, XXIX, p. 61; Orlando, pp. 14-15).

XXXIII

54

Se perdonanza la morte poese,

eo li siria forte aprosemato,

ch'eo vego Amorę ch'invan di mi falise;

e hame cuisí forte condanato

non perché fallo unqua li facisse,

per che dovesse eser mai nato;

e non gredëa che 'l cor li sofrise

vederm'a morti sí aprosimato.

Ma e' non despero, po' ch'Amor falise,

ch'Amore ha tanto seno e canoscia,

che poenza me darïan e aiuto.

Se 'l so aiuto no me secorise,

l'amore ch'azo priso mi faria

del mëo corpo departir lo flato.

Mem. 74 (1288, Bonaccorso domini Gerardi de Rombolinis), c. 241v.

(Caboni, XXX, p. 62; Orlando, pp. 15-16).

XXXIV [Bonagiunta Orbicciani da Lucca]

Dev'om i•mala fortuna bon corazo,

e star piui forte quando contr'ène,

e quanto piui ge r⊐i⊏crise e dà danagio,

alota piú conforti la soa spene.

Ché agio audito dire per usazo

che 'l male e 'l bene uno e l'altro vene;

per mi lo dico, ché provato l'agio:

qualunqua se sconforta non fa bene.

Ben se dé omo del mal dolere,

temp'aspetare e prendere conforto,

sí che lo male tanto no recrisca.

E', disiando, pesàme morrere:

ventura m'ha congiunto a sí bon porto

che tute le mi' pene in gio' refrisca.

Mem. 74 (1288, Bonaccorso domini Gerardi de Rombolinis), c. 281v.

(Caboni, XXXI, p. 63; Orlando, pp. 16-17).

XXXV

Chi a fà' vendeta se vol' e' ponę mente

como la faza senza danasone,

el fatto non dic'a molte gente

perch'al nimico torni a quarisone.

Una parola pote tristamente

menare um fato tuto a perdesone:

[. . . . . -ente]

[. . . . . -one]

Però vendeta vole speso seno,

ché 'l pensamento fala molte genti:

chi cór e nǫ pensa rema' inganato.

Ma chi volę finirę no ne faza cenno,

ché l'on che dice e no ne fa nïente

si mete in blasiⁱmo e 'l nimico è campato.

Mem. 74 (1288, Bonaccorso domini Gerardi de Rombolinis), c. 281v.

(Caboni, XXXII, p. 64; Orlando, pp. 17-18).

XXXVI

Fort'è la stranïanza

laond'eo sono in gran penseri;

però ch'eo sono straineri,

vivo in gran desïanza.

Fort'è la stranïanza

laond'eo sono in gran pensero.

Come bon cavaleri

meno zoiosa vita;

ma io sto 'n desianza

de retornare a Tere

e Zoane d'Ariveri.

Êla pasqua florita

vego zoir gli amanti:

quando gli sono davanti

perdo mia vertute.

Vegogli cavalcare

per citad'e castelle;

marita' e polzelle

†stronicole† fresch'e belle,

zoiose de r⁻e⌐s⌐guardare

[. . . . .]

Mem. 76 (1289, Guidone Lambertini de Sitifunti), c. 319r.

(Caboni, XXXIII, p. 65; Levi, n. 2, pp. 289-91).

XXXVII

A la gran cordoglienza

ch'az'aquistata

non trovo pïetanza.

Mort'è la valenza

tanto dotata

del re Manfredo Lanza

e lla soa gran possanza

ch'era sí vertudiosa.

Deo, come l'è grave cosa

a gredere e a pensare!

Ché facea-l arditanza

naturalę corazosa

chi facea stare .   .   .   . -osa]

[.   .   .   .   . –are]

Mem. 76 (1289, Guido Lambertini de Sitifunti), c. 321r.

(Caboni, XXXIV, p. 66; Levi, n. 3, pp. 291-94; Poeti 1, p. 779).

XXXVIII

Dona, mercede!

No m'anciditi,

po' che son dato al vostro volere.

Dona, la gran canosenza

e llo gran presio ch'aviti

me dona ferma credenza

che vu' ve moveriti

a pïetate:

donqua mercede

ancor ve chero et oso cherere.

Ma, se pur pena e doglia

soferir omo dovesse

ch'ama de cor e de voglia,

né zamai ben avesse,

no credo certo

ch'omo vivente

dar se potesse d'amor volere.

Po' ch'eo som vostro e no meo

com pura lïanza,

non fora bene sed eo

de la mïa speranza

fosse perdente

senza rasone:

chi serv'a segnore, ben dé provedere.

Mem. 78 (1290, Nicola Johanini Martelli), c. 169r.

(Caboni, XXXVII, p. 69; Lazzeri, p. 441; Poeti I, p. 781).

XXXIX

Turlú turlú turlú,

questo no sapivi tu:

zoco la mia speranza è vana,

tu ce andra' for de 'scona

e per altro camino

tu ce batera' la lana

'Lombardia et in Toscana,

sí como cativo Guglielmino

va percazando

et a 'bundancia precazando.

Mem. 78 (1290, Nicola Johanini Manelli), c. 174r.

(Caboni, XC, p. 115).

XL [Dante Alighieri]

Donne ch'aviti intelletto d'amore,

e' vòi' cun voi de la mia donna dire,

non perch'eo creda soa laude fenire,

ma rasonar per isfogar la mente.

E' dico che pensando al so vallore

Amor sí dolce me se fa sentire

ca, s'eo allora non perdesse ardire,

farei, parlando, innamorar la gente.

Ma eo non vòi' parlar sì altamente,

ch'eo devenisse per temenza vile;

ma trattarò del so stato gentile

respetto de lei legeramente,

donne e dongelle amorose, cun voi,

che no è cosa de parlare altrui.

Angello chiama in divino intelletto

e dice: «Sire, [nel mondo si vede]

meraveglia ne l'atto [che procede]

d'un'anema che fim qua sú respiende».

Nel cielo no have null'altro deffetto

se no aver lei: al so segnor la chede,

e zascun santo ne crida merzede.

Sola Pietà nostra parte deffende,

[che parla Dio, che di madonna intende:]

«Dilletti mei, sofferiti in pace

che vostra spene sie quanto ne piace

[là 'v'è alcun che perder lei s'attende,

e che dirà ne lo inferno: "O mal nati,

io vidi la speranza de' beati"]».

Madonna è disiata in summo cielo:

or vòi' de soa vertù farve asavere.

Dico, qual vole gentil donna parere

vada cun lei; quando va per via,

getta nei cor' villani Amor un gelo,

per ch'onne lor vertú aghiaza e pere;

e qual sofferisse de starla a vedere

deveria nobel cosa, o se moria.

[E quando trova alcun che degno sia

di veder lei, quei prova sua vertute,

ché li avvien, ciò che li dona, in salute,

e sí l'umilia, ch'ogni offesa oblia.]

Anche gli a Deo mazor gratia dato

che non pò mal fenir chi gli ha parlato.

[. . . . .]

Mem. 82 (1292, Pietro Alegrançe), c. 129v.

(Caboni, XXXVIII, p. 70).

XLI

Amico meo, l'amor d'amar mi 'nvita

non so in che parte mirare me 'ntizi;

ché vol che me conforti e traga vita

d'una baldraca negra, magra e guiza.

Nol descrediti, ché l'azo sentita

putente e bruta asa' plu che la stiza:

a zascun omo de servir se 'nvita,

ma, 'nanzi trato, vol' in mal'acriza.

Mem. 85 (1293, Bianco domini Bertholli Bellondini), c. Ir.

(Caboni, XXXIX, p. 72).

XLII [Nicolò Salimbeni detto il Muscia]

Dosento scudeline de diamante

di bella guadra Lano voria ch'avese,

e dudese lisigliú ch'ogliono stese

danant'a lu' fancendo dulce canti;

e cento millia some de bisanti,

e quante belle done a llu' piasese;

e sí voria ch'a scachi on'omo vincisse

dando li rochi e cavaller inanzi.

E sí voria la retropia in balia

avesse quelo a cu' tant'ho donato

in paraole, che 'n fati eo non poria,

e⁻ per lo sapere ch'e•lu' azo trovato,

per la beltà, ché be'•se i averia;

e tanto più quanto le fosse in grato.

Mem. 85 (1293, Bianco domini Bertholli Bellondini), c. 1r.

(Caboni, XL, p. 72).

XLIII

Mille saluti colu' cc'ha ˮ sé amore

a vui li manda, dona de beleze;

de tute cosse Deo ve di' onore

a complemento d'omne alegreze.

Clara fontana che sorge a lo nittore,

sopro li altre posto m'hai 'n alteze;

conforto me duni e tuto bon valore,

tanto me place vostre avenanteze.

Mem. 86 (1294, Venetico condam Michaelis Aymerii), c. 234r.

(Caboni, XLI, p. 73).

XLIV

La fina zoi d'amore

me fa allegro cantare;

ben dizo Amor laudare

mèi' de null'omo nato

ch'è 'l meo cor avanzato

sopro on'altro amadore.

Sopr'on'altro amadore

ben diz'Amor laudare

che m'ha sí dillitosa - zoi complita;

che sí sona 'l meo core

che nol potria contare;

in tanta beninanza - è lla mia vita.

Le pene ch'eo durai

conteleme in gran zoglia

po' che partit'è noglia

da mi ch'era in pesanza,

or sonto in allegranza

e de tormenti fori.

Ben aza la impromera

ch'eo la vidi zogliosa,

la plu avenente donna - che mai sia:

con la soa fresca cera,

mostrandome amorosa,

compres'ha lo meo core - in soa bailia;

e mazo ho segnorazo

e plu rico me teglio

che s'eo avesse lo regno,

ché m'ha dignato servo:

però sempre la servo

con umele e fin core.

Mem. 86 (1294, Filippo condam Bolognitti Butrigarii), c. 394r.

(Caboni, XLII, p. 74; Lazzeri, p. 440; Monaci-Arese, 116 VIII).

Appendice

a

Forą de la bella bella cabia

ese lo rignisionello.

Planze lo fantino

però che non trova

né lo ozellino

en la gaiba nova;

e disse cun dollo:

«Chi t'abrí l'usollo?»

E disse cun dollo:

«Chi t'aprí l'usollo?»

Verso di documento datato 2 luglio 1288 conservato nella busta delle carte di corredo della Curia del Podestà.

(Caboni, XLVI, II, p. 78).

b

Dolce lo mëo sire,

che me fa' lanquire,

or te tinise [. . . -ore]

in grand☐ę pena d'amore.

Se misère m'amase

sí como eo amo lui,

e di mi se curase

com' se cura d'altrui,

[. . . . .-ui]

belo faria lanquire

sí como feci lanquire

[. . .] lo meo core.

Se tosto a mi no vene

per cui eo moro amando,

et ëo sazo bene

che di mi va gabando:

l'omo vase vantando

che di mi ha aputo

quello che ha voluto,

mo no ch'i sia onore.

Frammento di quaderno (?) dell'anno 1291

A. Gualandi, Accenni alle origini della lingua e della poesia italiana, cit., appendice n. 8 (con riproduzione fotografica).

c

O mortal morte mia, malvasitate,

gaudio e coltell⊐o⊐, donn'e nemico mio;

nullo for te sor me ha potestate,

teco n'ha ciascun quasi el suo disio;

prend'e fiede [. . .]

Verso di copertina membranacea di un volume di atti del Podestà dell'anno 1293 (n. 1110) scritto da Giovanni Guidonis Bonromensis notaio di Borgo San Lorenzo nel Mugello. I documenti vanno dal 6 aprile al 1° ottobre, nel periodo del Capitano Bonacursio de Donatis di Firenze.

(Pellegrini, n. 11, p. 133).

d

Merzede, Amor, poi che m'avete priso

or non mi fate sí fera prigione

ched io mi trovi a mano a man conquiso.

Che se volete ver' me far ragione,

voi mi trarrete là 'nd'io sonn'ho miso

però che ben n'è omai la stagione.

Poi, se voi mi trovate in falligione

che per amore null'altra guardi in viso,

allora m'ancidete e fie ragione.

Il componimento si trova sulla stessa pagina del precedente.
(Pellegrini, n. 10, p. 133).

e

Io faccio prego all'alto Dio potente

et alla glorïosa intercedente

che ti dia vita e gaudio lungamente,

gemma fina;

ché voi sète la stella mattutina

per cui lo meo corę di posar non fina,

e fresca piú che rosa della spina

e collorita;

e di tuta beltà sète compita

e vertudiosa piú che calamita,

e sprendent'è piú che margarita

lo vostro viso.

Vostre mammelle ben mi sono aviso

che ssiano pome nate in Paradiso:

la boca avete dolce col bellǫ riso

e lǫ capo biondo

e risprendente piú che auro mondo;

li ochi amorosi e lo viso giocundo

avete piú ch'altra d'esto mondo,

rosa aulente.

E ben vi fece Cristo veramente,

per far meravilliar tutta la gente;

piú bella crïatura, al meo parvente,

ch'altra sia.

Però vi prego, dolce donna mia,

che di me vi rimembri in cortesia

da poi che io sono in vostra signoria

iudicato.

E già fa lungo tempo sono stato

nel vostro amor sí forte inamorato

che vi deveria prender peccato

di me taupino,

ché voi m'avete nel vostro dominio

assai piú che 'l veglio l'assessino,

e di servire a voi sempre affino

ogna dia.

La vostra boca aulisce tuttavia

piú che non face rosa né lomia,

e piú andate conta per la via

che reina.

Quando vi sguardo m'arde la corina
d'un amoroso foco che m'afina,
che ben mi par miracolo, dovina
sí mi 'ncende.

Ché tutto quanto lo core mi struge e stende
come la cera quando 'l caldo prende.
Se 'l vostro amore inver' me non s'arrende
ben morragio.

Se voi sapeste le pene ch'i' agio,
quand'io non vegio 'l vostro chiero visagio,
merzé vi prenderia di me, che v'agio
sempre amata.

E sète, bella, lo fiore della contrata
che ne lo core mi sète plantata:
non fue sí bella Morgana la fata
al meo parere,

ché tutte l'altre faite disparere.
Sed ïo 'l giorno potesse vedere
che 'n braccio vi tenesse al meo volere,

serei magiore

che ss'i' fusse rei e imperadore

o d'esto mondo chiamato signore

tutt'è 'l bene e 'l grande amorc

ch'io vi porto.

E non vorrëi mai altro diporto,

quand'io avesse 'l vostro buon conforto:

s'io no l'avesse, ben fareste torto

da poi ch'i' v'amo.

Di voi servire ho disio e bramo

piú che non ebe de lo pomo Adamo;

però a voi medesma mi richiamo

del meo tormento:

e, se io vo faccio o dicco fallimento

sí nde chero a voï donamento

Che mi nę diate qualunco pentimento

a voi piace.

Recto della seconda copertina di un fascicolo di atti giudiziari del Podestà di Bologna, n. 768 (anni 1299-1300). Notaio Andrea de Corelia (forse Coreglia Antelminelli, oggi in provincia di Lucca).

(Pellegrini, n. 12, p. 134).

f

Da poi che piace all'alto dio d'amore

ch'i' mmi cominci a dirę lo gran valore

di quella ch'è di tutte l'altre 'l fiore

di bellezze,

diròvi alquante delle sue adorneze

e delle sue angeliche belleze;

poi vi contrabo le sue gentilezze

e 'l bel parlare

che 'n tutto 'l mondo non si truova pare;

io tanto mi pare piacente da sguardare

c□o□m □'ę quella che mi fae gioioso stare

notte e dia;

ma alquanto mi ne cocca gelosia

no ella mi cangi per altr'om che ssia:

ma vogliola pregarę per cortesia

umilemente

che 'l meo servirę tuttora agi' a mente,

ch'i' l'ameragio infin al meo vivente

e sempre le starò leal servente

e fino amante.

Ch'ela mi pare conta et avenante

e virtudiosa piú che n'è 'l diamante;

Isotta ch'ebe bellezze tante

non fue tale.

Però prego 'l Signore celestale

che la mia donna sí guardi de male

che sopra tutte l'altre monta e sale

in grande altura.

E mai non vidi sí bella figura

in carne, in taglio né in pintura:

all'aire l'assimiglio, tant'è pura

e diliciosa.

Però prego la donna glorïosa

ch'è sopra tutte l'altre precïosa,

ched ella guardi di pena 'ngosciosa

e di ria morte

e del tormento ch'è ssí duro e forte

che no nde tocchi a llei alcuna sorte;

ma facciala intrarȩ dentro alle porte

del Paradiso,

là ov'è solazo gioco e riso

e nullo benę del mondo v'è deviso,

e lọ nostro Crïatorę v'è sempre assiso

co li santi.

Or prego Lui che noi e li altri amanti,

che ssiamo in questo seculo cotanti,

conducali ai gioiosi e dolci canti

di vita eterna,

là ov'è la glorïa soperna

e l'alta maiestà che la coverna:

apress'ov'è la donna ch'è lucerna

dei peccatori.

Va' serventese coperto di flori,

saluta da mia parte li amadori,

quelli c'hanno fermi li lor cori

in ben servire;

e dilli che ssi degiano sbaldire

e loro affare in gioia convertire

e aspectare lọ benę che dé venire

per amare.

Recto della seconda copertina di un fascicolo di atti giudiziari del Podestà di Bologna, n. 768 (anni 1299-1300). Notaio Andrea de Corelia.

(Pellegrini, n. 13, p. 137).

g [Dante Alighieri]

[Ne li occhi porta la mia donna Amore,

per che si fa gentil ciò ch'ella mira;]

là unche passa, ogn'om ver' le' si gira

[e cui saluta fa tremar lo core,]

sí che, sbassando 'l viso, tutto smore,

et [d'ogni suo difetto allor sospira:]

fuge davanti a le' superbia et ira.

Aiutatemi, [donne, farle onore].

Ogni dolceza, ogni pensero omíle

nasce nel core a chi parlar la sente,

und'è laudato chi prima la vide.

Quel ch'ella par quand'un poco soride,

non si può dicer né tener a mente,

tant'è novo miracul e gentile.

Volume di atti n. 374 (già 70, indi 375) del 1300. Notaio Isfacciato Antonii de Montecatino.

(Pellegrini, n. 16, p. 147).

h [Cino da Pistoia]

Sta nel piacer della mia donna Amore
come nel sol lo razo e 'n ciel la stella,
che nel mover delli ochi il porge al core
sí ch'ogni spirito smarrisce in quella.
Soffrir non possan li ochi lo splendore,
né 'l cor pò stare inloco, sí li abella!
Isbatte forte, tal sente 'l dolzore;
quine si prova chi di lei favella.

Ridendo par ch'allegri tutto loco,
per via passando, angelico diporto,
nobil ne li atti et umil nei sembianti;
tutt'amorosa di solazo e gioco,
è sagia nel parlar, vit'e conforto,
gioi e diletto a chi le sta davanti.

Volume di atti n. 374 (già 70, indi 375) del 1300. Notaio Isfacciato Antonii de Montecatino.

(Pellegrini, n. 17, p. 148).

i [Guido Cavalcanti]

[...]

Tu puoi seguramente gir, canzone,

là uve ti piace, ch'io t'ho sí adornata

ch'assai laudata - serà tua ragione

da le persone - c'hanno entendimento;

di star coll'altre tu non hai talento.

Volume di atti n. 374 (già 70, indi 375) del 1300. Notaio Isfacciato Antonii de Montecatino.

(Pellegrini, n. 18, p. 149).

1

Io mi sono tutto dato a trager oro

a poco a poco del fiume che l mena,

pensando m'aricchire.

E credone amassar - piú che 'l re Poro

tragendol sotilmente della rena,

unde io spero gioire.

E penso tanto in questo meo lavoro

che, s'io trovasse d'arïento vena,

no mi poria gradire:

perciò che no mi parę - che sia tesoro

se no s'è quel che trage 'l cor di pena

e contenta 'l disire.

Però io mi contento pur d'amare

voi, gentil donna, per cui mi convene

piú sotilmente la speranza trarre

che l'oro di quel fiume.

Di ciò ch'un altro amante trarria pene,

spesse fïate mi fa ralegrare;

ch'i' m'asotiglio di traer del mal bene

e de lo scuro lume.

Recto della seconda copertina del volume di atti n. 374 (già 70, indi 375) del 1300. Notaio Isfacciato Antonii de Montecatino.

(Pellegrini, n. 19, p. 151).

m [Giacomo da Lentini]

Feruto sono isvarïatamente;

Amore m'ha feruto; or, per che cosa?

Perch'io vi saccia dir lo convenente

di quelli che del trovar non hano posa:

che dicono lor ditto spessamente

ch'Amore ha in sé deïtate inclusa;

et io sí dico che non è neiente,

che piú d'un dio non è, né esser osa.

E chi lo mi volesse contastare,

io lïl mosserei per via e manto

come non è piú d'una deïtate.

In vanitate non voglio piú stare:

voi che trovate novo ditto e canto,

partitevi da ciò, ché voi peccate.

Recto della seconda copertina del volume di atti n. 374 (già 70, indi 375) del 1300. Notaio Isfacciato Antonii de Montecatino.

(Pellegrini, n. 20, p. 154).

n [Abate di Tivoli]

Qual om riprende altru'ispessamente,

a le rampogne vene a le fïate:

per voi lo dico, amico, imprimamente,

che non credo che lealmente amiate.

Che, s'Amor vi stringesse coralmente,

non parlereste per dovinitate,

anzi credereste veracemente

che elli avesse in sé gran potestate.

Perciò ch'è di sí scura canoscenza

che doven come d'una bataglia:

chi stâ veder riprende chi combatte.

Quella ripresa non tegn'e' valenza:

chi acatt'al mercato, sa che vaglia;

chi leva, sente piú che quei che 'batte.

Recto della seconda copertina del volume di atti n. 374 (già 70, indi 375) del 1300. Notaio Isfacciato Antonii de Montecatino.

(Pellegrini, n. 21, p. 155).